Juan Valera

El último pecado

Barcelona **2024**
Linkgua-ediciones.com

Créditos

Título original: El último pecado.

© 2024, Red ediciones S.L.

e-mail: info@Linkgua-ediciones.com

Diseño de cubierta: Michel Mallard.

ISBN rústica: 978-84-9816-326-1.
ISBN ebook: 978-84-9897-950-3.

Sumario

Créditos _____ 4

Brevísima presentación _____ 7
   La vida _____7

El último pecado _____ 9
   I _____9
   II _____9
   III _____11
   IV _____14
   V _____16

Libros a la carta _____ 19

Brevísima presentación

La vida

Juan Valera (18 de octubre de 1824, Cabra). España.

Era hijo de José Valera y Viaña, oficial de la Marina, y de Dolores Alcalá-Galiano y Pareja, marquesa de la Paniega. Tuvo dos hermanas, Sofía y Ramona y un hermanastro: José Freuller y Alcalá-Galiano.

Su padre vivió de joven en Calcuta y adoptó posiciones liberales. Por ello fue removido de su puesto. Tras la muerte de Fernando VII en 1834, el nuevo gobierno liberal fue rehabilitado y se le nombró comandante de armas de Cabra y después gobernador de Córdoba.

La madre se opuso a que Juan Valera siguiera la carrera militar. Este estudió Lengua y Filosofía en el seminario de Málaga entre 1837 y 1840 y en el colegio Sacromonte de Granada, en 1841. Luego estudió Filosofía y Derecho en la Universidad de Granada, donde se graduó en 1846.

En 1844 publicó primer libro de poemas. Leyó mucha poesía, y en particular a José de Espronceda, y a los clásicos latinos: Catulo, Propercio y Horacio. Hacia 1847 empezó a ejercer la carrera diplomática en Nápoles junto al embajador Ángel de Saavedra, duque de Rivas. Vuelto a Madrid, frecuentó las tertulias y los círculos diplomáticos a fin de conseguir un puesto como funcionario del Estado.

Así viajó por Europa y América. En Lisboa empezó su amor por la cultura portuguesa y el iberismo político. De regreso a España, empezó a escribir y publicar ensayos en 1853 en la *Revista Española de Ambos Mundos*; en 1854 fracasó en un intento de ser diputado, y por entonces estuvo en los consulados de España en Frankfurt y Dresde con el cargo de secretario de embajada.

Hacia 1857 se fue seis meses con el duque de Osuna a San Petersburgo; polemizó con Emilio Castelar en *La Discusión*, y escribió su ensayo *De la doctrina del progreso con relación a la doctrina cristiana*. Asimismo, tras ser elegido diputado por Archidona en 1858, escribió en numerosas revistas como redactor, colaborador o director.

El 5 de diciembre de 1867 se casó en París con Dolores Delavat, veinte años más joven y natural de Río de Janeiro, y tuvo tres hijos: Carlos Valera, Luis Valera y Carmen Valera, nacidos en 1869, 1870 y 1872.

Durante la Revolución española de 1868 fue un cronista de los hechos y escribió los artículos «De la revolución y la libertad religiosa» y «Sobre el concepto que hoy se forma de España».

Juan Valera fue elegido senador por Córdoba en 1872 y en ese mismo año fue director general de Instrucción pública; en 1874 publicó su obra más célebre, *Pepita Jiménez* y, en esa época, conoció a Marcelino Menéndez Pelayo, con quien hizo gran amistad.

En 1895 perdió casi por completo la vista, se jubiló y volvió a Madrid; allí publicó *Juanita la Larga* (1895), y *Morsamor* (1899); frecuentó diversas tertulias y tuvo una en su propia casa.

Valera fue elegido miembro de la Academia de Ciencias Morales y Políticas en 1904. Murió en Madrid el 18 de abril de 1905 y fue enterrado en la sacramental de San Justo.

Sus restos fueron exhumados en 1975 y llevados al cementerio de Cabra.

El último pecado

I

El señor don Emilio Cotarelo es un erudito de notable ingenio y de muy buen gusto, a quien debemos estar agradecidos y dar grandes alabanzas los aficionados a la amena literatura y a todas las artes de la palabra. Sus libros nos maravillan por la diligencia y el tino con que el autor ha sabido recoger noticias. Sus libros enseñan mucho y deleitan más. Natural es que sean leídos, comprados y celebrados.

Los ha compuesto ya el señor Cotarelo sobre don Enrique de Villena, sobre el conde de Villamediana y sobre el gran poeta Tirso. Pero lo que ahora me mueve a hablar de este escritor es la serie de estudios que está publicando sobre actores y actrices del siglo pasado. Ya han salido a luz la vida de la divina María Ladvenant, y más recientemente la vida de La Tirana. Ambas obras tienen mayor interés que las novelas, y más que novelas parecen intrincadas selvas de aventuras, lances y casos raros. Al leerlos, no podemos menos de exclamar casi con envidia: ¡Vamos, vamos, no dejaban de divertirse nuestros morigerados abuelos!

Y lo que es para mí el mayor mérito que tienen los libros de que voy hablando, es ser muy sugestivos. El autor no cuenta ni afirma nada sin probar su exacta verdad con documentos fehacientes. Quedan, pues, por contar o apenas indicados entre renglones, mil sucesos importantes y ocultos, los cuales explican o pueden explicar otros cuyas causas no vislumbramos, porque el señor Cotarelo, como historiador severísimo y veraz, tiene que dejarnos a media miel, sin decir como cierto lo que no está evidentemente demostrado, aunque se presuma y haya acerca de ello rastros e indicios. Siguiéndolos, voy a permitirme yo poner aquí algo muy importante de la vida de La Caramba, que el señor Cotarelo, por virtud de su severidad histórica, no ha podido menos de dejarse en el tintero, tal vez a pesar suyo.

II

El 8 de septiembre de 1785, día en que celebra la iglesia la Natividad de la Virgen Santísima Nuestra Señora, en vez de acudir al templo a rezar sus devociones, la desenfadada María Antonia Fernández bajó a pasear en el Prado, a provocar a los galanes y a escandalizar, según tenía de costumbre. Estaba en lo mejor de su edad, como Sol que culmina en el meridiano; famosa por sus conquistas y celebrada por su gracia, por su primor en el vestir, por su gallardo cuerpo, por su andar airoso y por su marcial y bulliciosa desenvoltura. Iba aquel día bizarramente ataviada; brial de raso azul, justillo recamado de seda y oro y bien peinada la negra y undosa mata de pelo, sujeta en rodete en lo alto de la gentil cabeza por rascamoño de oro, lleno de piedras preciosas.

Completaban su tocado el lindo adorno que ella inventó y al que dio su nombre de guerra, llamándole La Caramba, y una mantilla blanca de preciosa y ligera blonda de Almagro.

De repente se oscureció el cielo; se levantó terrible tempestad; el aire silbaba y formaba remolinos; deslumbraban los relámpagos, y los truenos espantosos ensordecían y aterraban. Se abrieron luego las nubes y abundante lluvia, un verdadero diluvio empezó a caer sobre la tierra. No había coche ni silla de manos en que irse, y María Antonia Fernández, alias La Caramba, se refugió en la iglesia de Capuchinos del Prado, donde se celebraba en aquel momento una solemne función religiosa. Predicaba fray Atanasio, predicador tan elocuente como severo. El horror de la tempestad, que continuaba y crecía, las frases tremendas con que el padre fustigaba los vicios y con que describía las penas eternas que Dios justiciero les impone y tal vez asimismo el devoto cuadro de Lucas Jordán, que en aquella iglesia se parecía, representando a la Magdalena a los pies de Cristo, todo compungió por tal arte a la bella pecadora, penetrando en sus entrañas como agudas saetas de fuego, que se llenó de atrición y aun de contrición, sintió que el Altísimo la llamaba a sí y como por milagro quedó convertida.

María Antonia Fernández no volvió a pisar las tablas; hizo desde aquel punto vida retirada y ejemplar; y la amargura de su arrepentimiento tardío, las duras mortificaciones con que se castigó ella misma y la vergüenza y el profundo pesar que el recuerdo de sus pecados le causaba, acabaron pronto con la salud de su cuerpo, concediéndole en cambio la salud del alma.

Todo esto es perfectamente histórico, notorio y sabido entonces en Madrid, y recordado ahora con puntualidad por el señor Cotarelo. Lo que voy a referir como apéndice es lo que generalmente se ignora.

III

Cualquier pecado mortal es abominable, pero cuando el pecado no contamina a ningún sujeto inocente y puro y no le aparta de la senda de la virtud, su malicia es mucho menor que cuando extiende su pernicioso influjo sobre criaturas humanas, y cuando todo lo inficiona y corrompe. María Antonia Fernández, aunque arrepentida y llorosa, tenía el consuelo de no haber pecado nunca en éste segundo sentido. Cuantos habían caído en sus redes y habían sido con ella pecadores, estaban pervertidos muy de antemano, de modo que ella no agostó ninguna virtud en flor, ni remedando al demonio robó ángeles al cielo para llevárselos consigo. A María Antonia no remordía la conciencia, sino de su propia perdición y no de haber procurado la ajena. Solo en una ocasión se mostró ella propicia a cometer tan doble y feo delito, pero se frustró y quedó en conato, gracias a la entereza de un sujeto, y sobre todo, gracias a la misericordia divina. Con horror recordaba La Caramba aquel caso.

El duque de Campoverde, a quien llamo así para ocultar su verdadero título, protegía y albergaba en su casa a un sobrino suyo, tan ilustre como pobre, llamado don Jacinto de la Mota, gallardo mancebo en la florida edad de veinticuatro años, elegantísimo, discreto y agradable por todo extremo. Y lo más singular y raro que en él había era su espiritual e inmaculada limpieza. No pocas damas desaforadas tenían el descoco de reír y burlar sobre su condición arisca, apellidándole el nuevo Hipólito y tal vez sintiendo el prurito de remedar a Fedra con mejor éxito y ventura.

El duque, viejo alegre y algo librepensador, y dos amigos suyos, muy curtidos y versados en aventuras ligeras y galantes, mortificaban de continuo a don Jacinto, ridiculizando su honesto recato y urdiendo tramas y buscando ocasiones peligrosas en que de todo punto le perdiese.

Conjurados para tan inicuo fin, buscaron el poderoso auxilio de La Caramba. Hubo una cena, a la que asistió don Jacinto, ignorando lo que iba a haber en ella, y le sentaron al lado de la seductora actriz, bella como nunca aquella noche, con leves y casi transparentes vestiduras, y adornados sus brazos y su desnuda y cándida garganta con ricos brazaletes y espléndido collar de perlas.

Pasaré aquí de largo, a fin de que nadie tilde de licencioso este escrito, sobre las infernales artes con que La Caramba, industriada por los tres libertinos, excitado su amor propio, anhelante de la victoria, y prendada además de la gallardía e inocencia del casto mozo, se esforzó por avasallarle y rendirle a todo su talante. Don Jacinto estuvo más firme que una roca; eclipsó casi la memoria del hijo predilecto del patriarca Jacob, todo ello con tal dignidad y tan sin melindres ni remilgos, que la risa y la chacota que el tío y sus dos amigos empezaron a mostrar, hubo pronto de trocarse en admiración y respeto. Desde entonces dejaron tranquilo al mozo, sin fastidiarle y sin embromarle más con disolutas disertaciones e impuras acechanzas.

Lo que resultó de este frustrado delito, del que no pudo menos de tener noticia la sociedad elegante y aristocrática de Madrid, fue la fama casi de santidad con que resplandeció don Jacinto, a quien se dieron a reverenciar las señoronas devotas, citándole como modelo. Y resultó también, y este fue más profundo resultado, un alto aprecio, una amistad sublime y una extraordinaria gratitud en el generoso corazón de la mujer desdeñada. Porque el mozo, al rechazarla con energía, no faltó en lo más mínimo a cuanto cumple a todo cortés caballero, y nada dijo ni hizo que exacerbase el desdén y que pudiera ser considerado como injuria. Antes bien, con dulces y piadosas palabras suavizó lo agrio del desvío, y vertió en la herida que acababa de abrir bálsamo celestial de consuelo.

Con tal eficacia penetraron en el centro íntimo del alma de María Antonia Fernández estos sentimientos delicados, que me atrevo a sospechar que predispusieron a aquella mujer para que a poco, estimulada por la tempestad, por el sermón elocuentísimo del padre Atanasio, y hasta por la pintura de la Magdalena, se obrase de súbito su conversión milagrosa. Aquellos nobles sentimientos fueron como abejas, que empezaron por clavar sus punzantes aguijones en el pecho de La Caramba, y después labraron en su centro panal suave de místicas flores.

Lo cierto es que María Antonia y don Jacinto quedaron amigos y que la amistad hubo de estrecharse no bien se convirtió María Antonia. Nadie la veía ni en paseos, ni en teatros, ni en toros, ni en verbenas y veladas. Iba solo a las iglesias, humildemente vestida con basquiña y negro manto de beata. Solo un hombre, además de su confesor, hablaba ya en ocasiones con ella. Este hombre era don Jacinto. Ora se hablaban en la misma iglesia de Capuchinos, donde fue la conversión de ella y donde ambos solían asistir; ora acudía él a casa de la actriz, si bien con prudente recato para evitar la maledicencia.

No podía ésta tener el menor fundamento, pero la malicia humana levanta en el aire castillos de torpes embustes y conviene evitar que la malicia los levante y se haga fuerte en ellos.

María Antonia Fernández se sentía atraída hacia don Jacinto por un afecto angelical y todo del espíritu, y se lisonjeaba, además, de que afecto no menos puro impulsaba a don Jacinto a venir a visitarla.

Sus pláticas eran edificantes y propendían a lo místico; pero María Antonia distaba mucho de caer ni de tropezar siquiera en el error de los alumbrados. Para precaverse, leía con frecuencia los Desengaños, del padre Arbiol. Y por otra parte, si algo había en su mente y en su corazón de que, después de examinarlo, su conciencia pudiera tener escrúpulos, era un leve asomo de complacencia al imaginar o al notar que, si no había triunfado pecaminosamente de aquel mozo por los sentidos, había logrado elevar su alma ya purificada hasta el alma de él, enlazándolas con amistoso y casto lazo.

Aquel nuevo género de vida daba al espíritu de María Antonia grata paz y regalo; pero la austera crueldad con que trataba ella su cuerpo, los ayunos, las largas vigilias, el cilicio con que maceraba su carne, y acaso la dura disciplina con que se atormentaba en su más secreto retiro, quebrantaron tanto su salud, que cayó gravemente enferma, y estuvo, durante tres meses, postrada en el lecho y a punto de exhalar el último suspiro.

La ciencia de un buen médico y el cuidadoso esmero de su criada Juana, lograron conservar su vida y devolverle la salud.

Durante la enfermedad y más aún en la convalecencia, en voz baja, al oído, tiñéndose sus pálidas mejillas de leve color de rosa, preguntaba ella con frecuencia a Juana:

—¿Ha venido a saber cómo estoy? ¿No le has visto? ¿No ha hablado contigo?

Contrariada y afligida Juana, tenía que confesar que don Jacinto no había parecido por aquella casa; no había enviado, al menos a un criado, a informarse de cómo estaba la enferma.

Por último, La Caramba supo una novedad imprevista. La marquesa viuda de Montefrío, prendada de las virtudes de don Jacinto, y después de oír los consejos e informes del padre Atanasio, su confesor, había decidido tomar a don Jacinto para yerno, casándole con su hija, la marquesita, heredada ya y señora de una renta anual de más de veinte mil ducados. Se afirmaba que la marquesita era fea y tonta; pero prevaleció la razón de estado; todo se concertó pronto y bien, y don Jacinto de la Mota era ya rico y marqués de Montefrío.

IV

Honda melancolía se apoderó del alma de María Antonia. Y, sin embargo, ella se esforzaba por disculpar a su amigo. El matrimonio, pensaba, no es para santificar por medio del Sacramento el deleite y la satisfacción de una pasión amorosa; es, en todos los que le contraen, para cumplir con una obligación y servir a Dios en aquel estado; y es, además, en los nobles, para conservar y perpetuar el lustre y decoro de sus familias, y sus apellidos y títulos, gloria y ejemplo de la patria e inmediato sostén de las bien concentradas monarquías. Así se explicaba María Antonia que don Jacinto, severamente, sin amor y en cumplimiento de deberes impuestos por su nobleza, se hubiese al fin casado.

Esto discurría para disculpar a su amigo, pero se afligía de no verle, de no conversar con él y de la soledad y del abandono en que la había dejado.

En medio de su pena, pudo tanto aún la briosa mocedad de María Antonia, fortalecida por el modo de vivir, menos duro y penitente que su larga convalecencia le había impuesto, que vino al cabo a encontrarse de nuevo sana y hermosa.

Vehemente deseo de volver a ver a don Jacinto dominó entonces su alma. Sin dejar su humilde traje de beata, pero, con extremada, pulcra e inconsciente diligencia, peinado el undoso cabello y acicalada toda su gentil persona La Caramba acudió de diario a rezar en la iglesia de Capuchinos y a pasar allí largas horas.

No se confesaba, no quería confesárselo; pero tal vez recelaba con miedo que no era solo la devoción la que allí le llevaba, sino también la esperanza de volver a ver a don Jacinto.

Y la esperanza se cumplió. María Antonia volvió a verle; mas, iay, cuán diferente del que antes era! Había descendido de un coche lujoso y llevaba al lado a la señora marquesa, su mujer, muy engalanada y muy fea.

María Antonia cerró involuntariamente los ojos para no ver aquello; y para no ser vista, se echó muy a la cara el manto y se arrimó a la pared en el lugar del templo que le pareció más sombrío.

María Antonia volvió, no obstante, a la iglesia de Capuchinos. No deseaba ya ver a don Jacinto en compañía de la marquesa. Deseaba verle solo y hablarle. Tardó en cumplirse su deseo, mas se cumplió por último.

Don Jacinto, saliendo de la sacristía, atravesó el templo. Ella le vio y salió antes que él y le aguardó a la puerta entre varios mendigos que pedían limosna. La palidez limpia y mate de su rostro tenía soberano hechizo y sus negros y rasgados ojos brillaban como dos soles de luto.

Iba tan distraído el flamante marqués que no reparó en ella, hasta que al ir a pasar la tocó con el hombro. Viola entonces y se paró, encarnado como la grana.

—¡Ingrato! —exclamó ella—. Te aguardaba aquí para cerciorarme de que no me has olvidado del todo y para pedirte la limosna de una mirada y el favor y la honra de que te dignes hablarme todavía.

—Estoy casado —dijo él; y en el tono con que pronunció aquellas palabras, se mostraba el temor de que alguien le viese con ella.

Don Jacinto, con todo, parecía más mundano y menos timorato que de soltero. Se diría, y ella lo sospechó de repente, que don Jacinto casi había desechado su mojigatería, logrado ya el fin principal que le habla movido a tenerla. María Antonia, por primera vez después de su conversación y olvidada de su conversión, le dirigió entonces una mirada larga, fogosa, dulce y llena de promesas. Aproximando luego su rostro al de él, hasta el punto de que penetró por su boca y por sus narices el aliento de ella, dijo ella quedito y con desmayada dulzura:

—Ven de noche a casa. Nadie te verá y no lo sabrá nadie.

Enseguida María Antonia le volvió la espalda y se apartó de aquel sitio.

V

Salieron a relucir las galas y las joyas que se custodiaban en el fondo del arca. María Antonia no parecía ya la penitente. Estaba vestida, harto ligeramente vestida, como en la noche de la tentación y de la cena. Había vuelto la espalda a Dios y dádose de nuevo al diablo. Estaba perfumada su estancia, y lucían en ella los primorosos presentes de sus antiguos amadores y el lujo de la plata labrada.

Don Jacinto no dejó de acudir a la cita. Era ya otro hombre. Había desechado la máscara del misticismo. Hasta el recuerdo de la fealdad y, de la tontería de su consorte estimulaba su liviano deseo. Para disculpar su ingratitud, brotaron de sus labios entrecortadas frases. Después pronunció ardientes palabras de amor, y roto ya el freno de su bien utilizada hipocresía, se abalanzó a María Antonia, que le atraía con los ojos y le embelesaba con blanda risa, medio abierta la húmeda boca y dejando ver los iguales y apretados dientes, que parecían dos hilos de perlas.

Él la estrechó frenéticamente entre sus brazos y buscó los labios de ella con sus labios.

Con ambas manos, María Antonia le rechazó tan violentamente, que faltó poco para que le derribase por el suelo. No parecía mujer, sino furibunda leona. No era la lánguida y complaciente enamorada; ni era tampoco la penitente mística; era la maja de rompe y rasga, insolente y soberbia, capaz de herir con groseros y ponzoñosos insultos y capaz de matar con la llama fulmínea de sus ojos, cuando no con puñales.

—Vete, huye —exclamó—, apártate de mi presencia. No pienses que la amistad y la admiración que me infundiste con tus embustes, se han trocado en amor lascivo. Se han trocado en asco. Si continúas aquí, corres peligro de que te asesine. Solo muriendo a mis manos y no gozándome conseguirás ya arrojarme en el infierno. Vete, repito; es un hurto ruin el que intentas, dándome tu alma y tu cuerpo vendidos ya para siempre y sin rescate a ese espantajo de mujer que te da título y dinero.

Don Jacinto pensó que La Caramba se había vuelto loca. Si no de su material violencia, tuvo miedo del alboroto, del escándalo y de la resonancia ridícula que podía tener aquella escena si se prolongaba. Huyó, pues, casi despavorido. Y como era hombre que entendía bien su interés y su conveniencia, pero que de almas sabía poco, jamás llegó a comprender ni a darse cuenta de las singulares transformaciones del alma de María Antonia, convertida de súbito de libre cortesana en austera penitente, y de austera penitente en algo a modo de vengadora y aterradora Furia.

Cuando María Antonia se vio libre de la presencia de don Jacinto, quedó inmóvil y de pie por algunos instantes; rompió luego en insana risa y en descompuesta y nerviosa carcajada; y por último, se arrojó al suelo, retorciéndose, derramando un mar de lágrimas y balbuceando entre dientes el yo, pecadora.

De allí en adelante no volvió a pecar María Antonia, ni en pensamiento ni en acto. Persistió en sus rezos, redobló sus vigilias, ayunos y mortificaciones, y logró pocos meses después, temprano y dichoso tránsito a mejor vida.

Madrid, 1897

Libros a la carta

A la carta es un servicio especializado para
empresas,
librerías,
bibliotecas,
editoriales
y centros de enseñanza;
y permite confeccionar libros que, por su formato y concepción, sirven a los propósitos más específicos de estas instituciones.

Las empresas nos encargan ediciones personalizadas para marketing editorial o para regalos institucionales. Y los interesados solicitan, a título personal, ediciones antiguas, o no disponibles en el mercado; y las acompañan con notas y comentarios críticos.

Las ediciones tienen como apoyo un libro de estilo con todo tipo de referencias sobre los criterios de tratamiento tipográfico aplicados a nuestros libros que puede ser consultado en Linkgua-ediciones.com .

Linkgua edita por encargo diferentes versiones de una misma obra con distintos tratamientos ortotipográficos (actualizaciones de carácter divulgativo de un clásico, o versiones estrictamente fieles a la edición original de referencia).

Este servicio de ediciones a la carta le permitirá, si usted se dedica a la enseñanza, tener una forma de hacer pública su interpretación de un texto y, sobre una versión digitalizada «base», usted podrá introducir interpretaciones del texto fuente. Es un tópico que los profesores denuncien en clase los desmanes de una edición, o vayan comentando errores de interpretación de un texto y esta es una solución útil a esa necesidad del mundo académico.

Asimismo publicamos de manera sistemática, en un mismo catálogo, tesis doctorales y actas de congresos académicos, que son distribuidas a través de nuestra Web.

El servicio de «libros a la carta» funciona de dos formas.

1. Tenemos un fondo de libros digitalizados que usted puede personalizar en tiradas de al menos cinco ejemplares. Estas personalizaciones pueden ser de todo tipo: añadir notas de clase para uso de un grupo de estudiantes,

introducir logos corporativos para uso con fines de marketing empresarial, etc. etc.

2. Buscamos libros descatalogados de otras editoriales y los reeditamos en tiradas cortas a petición de un cliente.